句集

ぽつんと宇宙

寺田伸一

朔出版

序　スナフキンの帽子

坪内稔典

夏目漱石の小説『夢十夜』に庄太郎という男が登場する。庄太郎はパナマの帽子をかぶっている。ちょっと上等の夏帽である。庄太郎の趣味は、そのパナマの帽子をかぶることと、水菓子屋（くだもの屋）の店先に腰をおろして往来の女を眺めることだった。寺田伸一はなんとなくその庄太郎を連想させる。彼はパナマ帽をかぶってはいないが。

初詣僕の名前の犬に会う
人間のふり楽しくて初詣
初空の空という字の穴が好き

この句集『ぽつんと宇宙』の巻頭三句を引いた。初詣で出会った犬は伸一、いや、庄太郎だったかも。しかも、初詣に来た自分は、そしてたくさんの人々も、実は人間のふりをしているのかもしれない。人が犬か、犬が人か、は時々判然としなくなる。伸一と庄太郎も。「空という字の穴が好き」なのはそのような伸一であり庄太郎、あるいは犬だ。

さて、庄太郎だが、例によって水菓子屋の店先で女を眺めていたら、庄太郎好みの美人がやってきた。人のよい庄太郎は、彼女の買った籠詰めの果物を提げ、彼女の家までついてゆく。途中で草原の切り岸に出た。切り岸は底が見えないくらいに深い。女は、思い切って飛び降りないと豚に舐められる、と言った。庄太郎がためらっていると、鼻を鳴らして豚が来た。庄太郎は豚が大嫌いだった。そこで仕方なく、持っていたステッキで豚の鼻面を打った。豚はぐうと言い、ひっくり返って崖を落ちて行った。豚は次から次へと来たが、ステッキで鼻を叩くと崖を落ちてゆく。庄太郎は七日六晩、叩き続けた。「けれども、とうとう精根が尽きて、手が蒟蒻のように弱って、しまいに豚に舐められてしまった。そうして絶壁の上へ倒れた」。その庄太郎、七日目の晩にふらりと戻って来て、急に発熱して床についてしまった。庄太郎はどうなるか、助かるまい、と町内の人には思われているが、でもまだ判然とはしない。

伸一も戻って来たのではないか。彼も豚を叩き、そして舐められたかもしれない。次のような句を詠むのは豚に舐められた証拠ではないか。

春一番又三郎よマタサボロウ
たぶん皆ボクが好きやろ雪柳
ケツカレは「どうぞ」の心さくら餅

桜餅「ほな」「ほな」言うたあれっきり

春の蚊のぽつんと宇宙物語

又三郎をマタサボロウと呼ぶ人がありそう。もちろん、なまけるの意味がマタサボロウにあるのだが、又三郎（宮沢賢治の『風の又三郎』を連想する）とマタサボロウの境界は曖昧、判然としない。「皆ボクが好きやろ」とはちょっと言えない。過剰なまでの自信家か、とっても能天気でないと言えない。でも、言っているのは雪柳かもしれないのだ。ちょっとした風にも揺れる雪柳、それと人が重なっている。この句でも人と雪柳が判然としない。

「早くけつかれ」と言う。早く行け、の荒っぽい言い方だが、それが「どうぞ」の心だというのも、二つのものの判然としない状態を表現している。「ケツカレ」も「どうぞ」もさくら餅の餡なのだろうか。次の桜餅の句では、二つの「ほな」が同じように見えても同じではないかもしれない、ということを表現している。「ほな」は関西弁、「ではこれで」と軽く別れる言葉。この「ほな」の軽さを私は愛しているが、実際は軽くない場合もあって、「ほな」「ほな」が永遠の別れにもなる。ともあれ、桜餅を食べたあとは「ほな」「ほな」

と別れたい。桜餅の余韻が二つの「ほな」に漂う。
「春の蚊のぽつんと宇宙物語」はこの句集の題目になった作品だが、早く出てきてまだ仲間がおらず、ぽつんと孤独な蚊がおかしい。しかも、その蚊が宇宙の物語を語る風情なのだ。小さな蚊と巨大な宇宙との齟齬というか対照もまたおかしい。春の蚊が宇宙物語そのもの、という読みも可能だが、蚊が宇宙を背負っていると思うと、またまた切なくおかしい。もちろん、この句でも、蚊と宇宙は混交していて互いに判然としない。蚊が宇宙、宇宙が蚊なのだ。

爪切りと栓抜きは青夕端居
向日葵は余所見が苦手まるで犀
枇杷の種うしろめたくて僕になる
昼寝してぽよよと蛸に進化する

夏の句を挙げた。この中で爪切りの句が格別によい、と思う。青い爪切りと栓抜きが夕べの空（宇宙）の色の結晶という感じ。端居の場が宇宙に通じている。しかも、人がいなくて爪切りと栓抜きだけがあるその端居は、シーンとした孤独感というか、さびしさが満ちている。とっても明るい孤独感やさびしさだ。向日葵と犀、枇杷の種と僕、そして昼寝する人と蛸、これらも両者が互いに判然としない。
伸一は、高校を卒業する直前にサッカーの試合で脳を損傷、重い障害を負った。大学に進学したものの勉強についてゆけずに退学したらしい。彼の話では母親に強く支えられてきたようだが、なんだか妙に明るい。ゆっくりとしか歩けないが、そのゆっくりが明るいのだ。彼と出会った当初、私はその明るさに戸惑った。だが、すぐに分かった。僕は僕、君は君を貫いて、その互いの歩幅でこの世(宇宙)に触れればよい、と。私たちは宇宙的存在、その広い世界で僕と君である。

冬茜ムーミンパパも来て句会

伸一は句会が大好き、句会に出るために俳句をやっていると公言する。この言い方は率直、やはりとっても明るい。この句会を詠んだ句も。そしてこの句も庄太郎の気配がする。冬の夕方のこの茜色に染まった句会は、はたしてこの世のものなのか。そうそう、私は体型がムーミンパパ的だが、伸一はスナフキンに似ている。こんど、彼にスナフキンの帽子を贈ろう。

目次

母へ――――山粧う紅一点が母なのだ

句集　ぽつんと宇宙

象の恋

初詣僕の名前の犬に会う

人間のふり楽しくて初詣

初空の空という字の穴が好き

初夢のスエズ運河や象の恋

松過ぎの千里見晴らす寺の門

青春の臍

春一番又三郎よマタサボロウ

花ミモザ誰のお墓か知らんけど
お社は雀荘の横紀元節

卓袱台が卓球台ね春の雨

かなしみは青春の臍二月の木

おにぎりのポーチがふたつ山笑う

「リハビリ」が春の季語めく昭和町

たぶん皆ボクが好きやろ雪柳

ケツカレは「どうぞ」の心さくら餅

桜餅「ほな」「ほな」言うたあれっきり

春の蚊のぽつんと宇宙物語

大宇宙お寿司は廻る四月馬鹿

告白や四月馬鹿的アフォリズム

山笑う男はみんな振られちゃえ

砂の名のカクテル蒼く啄木忌

春の暮ひとりになるから数えない

ちょっと泣く

葉桜や僕も貴方を好きでいる

空豆の哲学ぐにゃりギャルに臍
らしくないことしてみよう燕の子

神々ののほほんとして麦の秋

七つ八つ絵になる心こどもの日

生駒信貴憶良赤人山若葉

そら豆食べよ明日はできるさ逆上がり

爪切りと栓抜きは青夕端居

世の暦忌日に溢れ虎が雨

紫陽花のふわりふわりや寺の鐘

正論にいちゃもん冴える梅雨の駅

仏法僧恋の最中は眠くなる
あの人は心優しい蛸でした

「走れ」って俺には言うな桜桃忌
憲法が好きよこの国青嵐

大阪文学学校様へ

青嵐十三郎は河である

吾の顔に探す父母祭笛

ひとり喰う冷し中華という孤独

向日葵は余所見が苦手まるで犀

枇杷の種うしろめたくて僕になる

人生をかえっこせえへん夏祭

リハビリは「イタイ」ぞ「エライ」夏の朝

父の日の仏間のぬるい缶ビール

読むほどに童話はかなし夕端居

ががんぼと居るラーメン屋西九条

かちわりや仲根を語るひとと座し

ナイターや夫は禁酒を解く気配

ナイターの夫婦喧嘩は今佳境
待ってるねパパと野球ができる夏

女子力に負けちゃえ男子川開き

河童忌の以心伝心河童巻

漱石は角川で読む夕端居

粉もん屋三ツ矢サイダー献杯す

いつの間に老いたんだろう夏の朝
夏の昼河馬恋しくてちょっと泣く

捕虫網當麻寺まで七千歩

夕暮の駅舎にぽつり日傘おり

人生を少しあきらめ夕涼み
とれとれの小鯵が通るアーケード

堺から南海線に乗る金魚

昼寝してぽよよと蛸に進化する

夢の島バクとボクとの昼寝覚
海の日の未遂に終る我が謀反

フランクのソナタをひとり星涼し

僕らの化石

青みかん男子は触れてはいけません

友情がないぶん友だち秋日傘

秋の虹あなたにこの世のありったけ

で、七夕ぷらねたりうむに亡きひとと

その石はチボの墓なの赤とんぼ

多士済々浮名今昔天の川

フロイトとフンコロガシのいる九月

兼題の「新藁」憂い赤のれん

秋津島我も卑弥呼もきのこ飯

鬼貫忌ぼくにも句碑があればなぁ
七色のお化けかぼちゃの夢の国

月今宵猫各々の己が顔

十六夜やガメラの恋は自然主義

子規忌には会いたくなるを友という

名句駄句絶句よろめく子規忌ぞな

駅頭の混沌として赤い羽根

人知れず逝く人ありて月に象

山粧う紅一点が母なのだ

ラジオから「六甲おろし」九月尽

人道という迷路あり秋の宵
おけら鳴く僕が死んだらエライコト

晩秋の播州の酒おしまいやす

秋時雨しゃあないやんか俺やもん

天の川僕らの化石さがそうか

午後三時

あの世ってこんなかいいな日向ぼこ

七五三三三五五の午後三時

侘助や恋と俳句は下手がいい

この図書館僕の四次元冬の虹

たまに聴くユーミンが好き冬の雨

小説はなんて字余り漱石忌

倫敦は猫語も英語漱石忌

熱燗も呑んだし俺はあははは

覆面の女レスラーいて聖夜

湯豆腐や湯気まで山城新伍めく

父と子の話題は新浦おでん酒

冬茜ムーミンパパも来て句会

除夜の鐘くねくねくね喋る奴と居り

寒北斗銀河鉄道試乗駅

君来ればジン・フィズ色の春隣

冬薔薇無常ということあたたかく

あとがき

「俳句」は僕にとって、大好きな「句会」に出る手段である。「句会」という世にも不思議な社交場が僕をとりこにしてしまったのだ。句会に出るということが文学的な行為かどうかは分からないけれども、句会において友は皆、素敵である。

障害を持つ僕は俳句に出会って人生が楽になり、楽しくなった。そんな句会の日々を経てまとめたこの一冊は自分史のようなものであり、集中の五句とともに少しだけ僕のことをお話しさせていただきたい。

「リハビリ」が春の季語めく昭和町

高校を卒業する頃、事故で脳を損傷し、障害者となった。杖をつき、友の背中を追いながら、かつては「反差別」なるものに人生を捧げようとしたこともあったが、それはもう懐かしい過去である。人間関係に恵まれたこともあって、今は週に一度、大阪・昭和町の病院に通うリハビリが楽しい。リハビリが〈春の季語めく〉訳だ。

憲法が好きよこの国青嵐

僕は時事句は苦手である。障害者に意味づけをして周囲に「社会正義」を説いていた頃の自分が嫌いだから。ただ、令和四年の秋という今現在、「社会」というものの領域は広がっているような気がしている。行きつけの居酒屋のタイ風すき焼きが好きなのと同様に、日本国憲法をいつまでも自分の定食としていたい。

山粧う紅一点が母なのだ

八十代の半ばにありながらいろんな人に慕われて、どんな集まりでもその人間群の中核に位置してしまう母はつくづく「女傑」だと思う。女友達も星の数ほどいるけれど、「紅一点」が誰よりも似合うのが母なのだ。この句は、バカボンのパパの口ぶりを借りた、精一杯の「母親讃句」なのだ。

秋時雨しゃあないやんか俺やもん

僕は「しゃあない」奴である。「しゃあないやんか、僕やもん」と言って歩くのが僕のライフスタイルでもある。作中の「俺」は、「俺」になりたい「僕」が自己投影した「俺」である。秋時雨に佇む「俺」はどんな「しゃあない」奴なのか。読者には空想を楽しんでいただきたい。

冬薔薇無常ということあたたかく

百歳を超えて、亡くなる寸前までブティックの店頭に立ち続けた大叔母が僕は大好きだった。だから、彼女の死を知った時、どうしても俳句を詠まなければと思った。彼女の死を惜しむ時、あたたかい気持ちしか溢れてこない。この「冬薔薇」は僕から大叔母への「百万本のバラ」である。

俳句に引き合わせてくださった出口善子先生、自分勝手でだらしない僕をご指導くださった坪内稔典先生、「船団の会」の皆さま、「おおさか句会」「のべあ句会」の皆さま、この句集を命名くださり、素敵な編集をしてくださった朔出版の鈴木忍さん、ほかにも僕が面倒をおかけしている億千万の皆さまにこの場を借りて、感謝をお伝えします。ありがとうございました。

令和四年九月

寺田伸一

著者略歴

寺田伸一（てらだ　しんいち）

1962 年、大阪生まれ。
2001 年から俳句を始める。
朝日カルチャーを受講したのがきっかけで、2015 年 3 月、「船団の会」に入会。
2021 年、第 3 回貞徳忌俳句大会「妙満寺賞」。
現在、「おおさか句会」「のべあ句会」に参加。

句集　ぽつんと宇宙《うちゅう》

2023年2月14日　初版発行

著　者　　寺田伸一

発行者　　鈴木　忍

発行所　　株式会社 朔《さく》出版
〒173-0021　東京都板橋区弥生町49-12-501
電話　03-5926-4386
振替　00140-0-673315
https://saku-pub.com
E-mail　info@saku-pub.com

アートディレクション　奥村靫正／TSTJ
デザイン　星野絢香／TSTJ

印刷製本　日本ハイコム株式会社

ISBN978-4-908978-83-8　C0092　￥1500